秘密

谷崎潤一郎＋マツオヒロミ

初出：「中央公論」１９１１年11月

谷崎潤一郎

明治19年（1886年）東京生まれ。東京帝国大学国文科中退。在学中に同人雑誌「新思潮」（第二次）を創刊し、「刺青」などを発表する。代表作に、『痴人の愛』『春琴抄』『細雪』『陰翳礼讃』などがある。

マツオヒロミ

イラストレーター。島根県出身、岡山在住。著書に『百貨店ワルツ』『Illustration Making & Visual Book マツオヒロミ』がある。その他、書籍の装画などで活動中。着物と近代建築が好き。

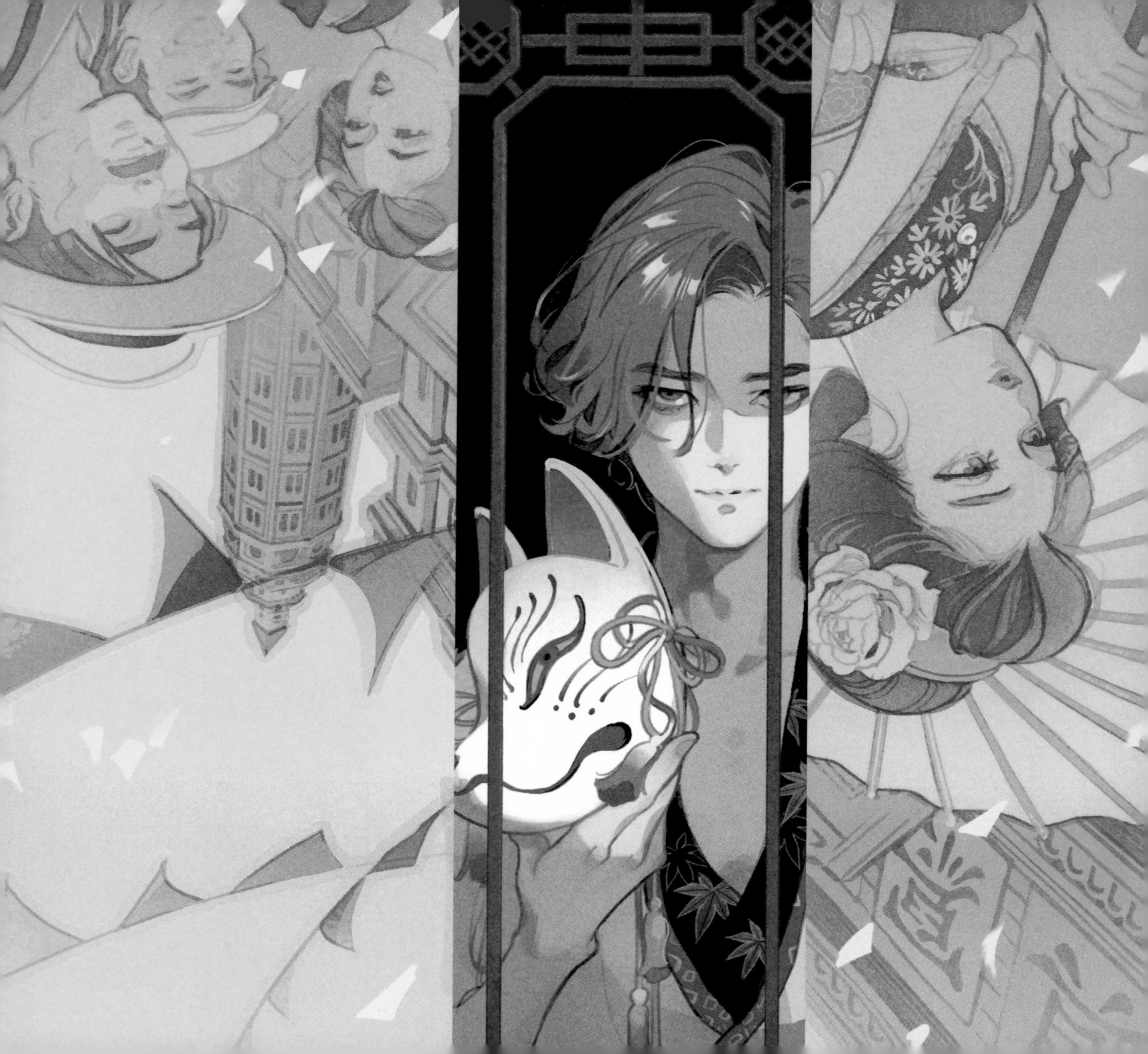

その頃《ころ》私は或《あ》る気《き》紛《まぐ》れな考《かんがえ》から、今迄《いままで》自分の身のまわりを裹《つつ》んで居た賑《にぎ》やかな雰《ふん》囲《い》気《き》を遠ざかって、いろいろの関係で交際を続けて居た男や女の圏内から、ひそかに逃れ出ようと思い、方々と適当な隠れ家を捜し求めた揚句、浅草の松葉町辺に真言宗《しんごんしゅう》の寺のあるのを見附けて、ようよう其処《そこ》の庫裡《くり》の一と間を借り受けることになった。

新堀の溝《みぞ》へついて、菊屋橋から門跡《もんぜき》の裏手を真っ直《す》ぐに行ったところ、十二階の下の方の、うるさく入り組んだObscureな町の中にその寺はあった。ごみ溜《た》めの箱を覆《くつがえ》した如《ごと》く、あの辺一帯にひろがって居る貧民窟《ひんみんくつ》の片側に、黄橙色《だいだいいろ》の土塀《どべい》の壁が長く続いて、如何《いか》にも落ち着いた、重々しい寂しい感じを与える構えであった。

私は最初から、渋谷だの大久保だのと云う郊外へ隠遁《いんとん》するよりも、却《かえ》って市内の何処《どこ》かに人の心附かない、不思議なさびれた所があるであろうと思っていた。丁度瀬の早い渓川《たにがわ》のところどころに、澱《よど》んだ淵《ふち》が出来るように、下町の雑沓《ざっとう》する巷《ちまた》と巷の間《あわい》に挟《はさ》まりながら、極めて特殊の場合か、特殊の人でもなければめったに通行しないような閑静な一郭《いっかく》が、なければなるまいと思っていた。

同時に又こんな事も考えて見た。——

己《おれ》は随分旅行好きで、京都、仙台、北海道から九州までも歩いて来た。けれども未《いま》だこの東京の町の中に、人形町で生れて二十年来永住している東京の町の中に、一度も足を蹈《ふ》み入れた事のないと云う通りが、屹度《きっと》あるに違いない。いや、思ったより沢山あるに違いない。

そうして大都会の下町に、蜂《はち》の巣の如く交錯している大小無数の街路のうち、私が通った事のある所と、ない所では、孰方《どっち》が多いかちょいと判《わか》らなくなって来た。

何でも十一二歳の頃であったろう。父と一緒に深川の八幡様《はちまんさま》へ行った時、

「これから渡しを渡って、冬木《ふゆぎ》の米市《こめいち》で名代のそばを御馳走《ごちそう》してやるかな。」

こう云って、父は私を境内《けいだい》の社殿の後《うしろ》の方へ連れて行った事がある。其処には小網町《こあみちょう》や小舟町《こぶなちょう》辺の掘割と全く趣の違った、幅の狭い、岸の低い、水の一杯にふくれ上っている川が、細かく建て込んでいる両岸の家々の、軒と軒とを押し分けるように、どんよりと物憂《ものう》く流れて居た。小さな渡し船は、川幅よりも長そうな荷足りや伝馬《てんま》が、幾艘《いくそう》も縦に列《なら》んでいる間を縫いながら、二た竿《さお》三竿ばかりちょろちょろと水底《みなそこ》を衝《つ》いて往復して居た。

私はその時まで、たびたび八幡様へお参りをしたが、未だ嘗《かつ》て境内の裏手がどんなになっているか考えて見たことはなかった。いつも正面の鳥居の方から社殿を拝むだけで、恐らくパノラマの絵のように、表ばかりで裏のない、行き止まりの景色のように自然と考えていたのであろう。現在眼《め》の前にこんな川や渡し場が見えて、その先に広い地面が果てしもなく続いている謎《なぞ》のような光景を見ると、何となく京都や大阪よりももっと東京をかけ離れた、夢の中で屢々《しばしば》出逢《あ》うことのある世界の如く思われた。

それから私は、浅草の観音堂の真うしろにはどんな町があったか想像して見たが、仲店《なかみせ》の通りから宏大《こうだい》な朱塗りのお堂の甍《いらか》を望んだ時の有様ばかりが明瞭《めいりょう》に描かれ、その外の点はとんと頭に浮かばなかった。だんだん大人になって、世間が広くなるに随《したが》い、知人の家を訪ねたり、花見遊山《ゆさん》に出かけたり、東京市中は隈《くま》なく歩いたようであるが、いまだに子供の時分経験したような不思議な別世界へ、ハタリと行き逢うことがたびたびあった。

そう云う別世界こそ、身を匿《かく》すには究竟《くっきょう》であろうと思って、此《こ》処《こ》彼処《かしこ》といろいろに捜し求めて見れば見る程、今迄通った事のない区域が到《いた》る処《ところ》に発見された。浅草橋と和泉《いずみ》橋は幾度も渡って置きながら、その間にある左衛門橋を渡ったことがない。二長町《にちょうまち》の市村座へ行くのには、いつも電車通りからそばやの角を右へ曲ったが、あの芝居の前を真っ直ぐに柳盛座の方へ出る二三町ばかりの地面は、一度も踏んだ覚えはなかった。昔の永代《えいたい》橋の右岸の袂《たもと》から、左の方の河岸《かし》はどんな工合になって居たか、どうも好《よ》く判らなかった。その外八丁堀、越前堀、三味線堀《しゃみせんぼり》、山谷《さんや》堀の界隈《かいわい》には、まだまだ知らない所が沢山あるらしかった。

松葉町のお寺の近傍は、そのうちでも一番奇妙な町であった。六区と吉原を鼻先に控えてちょいと横丁を一つ曲った所に、淋《さび》しい、廃《すた》れたような区域を作っているのが非常に私の気に入って了《しま》った。今迄自分の無二の親友であった「派手な贅沢《ぜいたく》なそうして平凡な東京」と云う奴《やつ》を置いてき堀にして、静かにその騒擾《そうじょう》を傍観しながら、こっそり身を隠して居られるのが、愉快でならなかった。

隠遁をした目的は、別段勉強をする為めではない。その頃私の神経は、刃の擦《す》り切れたやすりのように、鋭敏な角々がすっかり鈍って、余程色彩の濃い、あくどい物に出逢わなければ、何の感興も湧《わ》かなかった。微細な感受性の働きを要求する一流の芸術だとか、一流の料理だとかを翫味《がんみ》するのが、不可能になっていた。下町の粋《いき》と云われる茶屋の板前に感心して見たり、仁左衛門《にざえもん》や鴈治郎《がんじろう》の技巧を賞美したり、凡《す》べて在り来たりの都会の歓楽を受け入れるには、あまり心が荒《すさ》んでいた。惰力《だりょく》の為めに面白くもない懶惰《らんだ》な生活を、毎日々々繰り返して居るのが、堪えられなくなって、全然旧套《きゅうとう》を擺脱《はいだつ》した、物好きな、アーティフィシャルな、Mode of life を見出《みいだ》して見たかったのである。

普通の刺戟《しげき》に馴《な》れて了った神経を顫《ふる》い戦《おのの》かすような、何か不思議な、奇怪な事はないであろうか。現実をかけ離れた野蛮な荒唐な夢幻的な空気の中に、棲息《せいそく》することは出来ないであろうか。こう思って私の魂は遠くバビロンやアッシリヤの古代の伝説の世界にさ迷ったり、コナンドイルや涙香《るいこう》の探偵《たんてい》小説を想像したり、光線の熾烈《しれつ》な熱帯地方の焦土と緑野を恋い慕ったり、腕白な少年時代のエクセントリックな悪戯《あくぎ》に憧《あこが》れたりした。

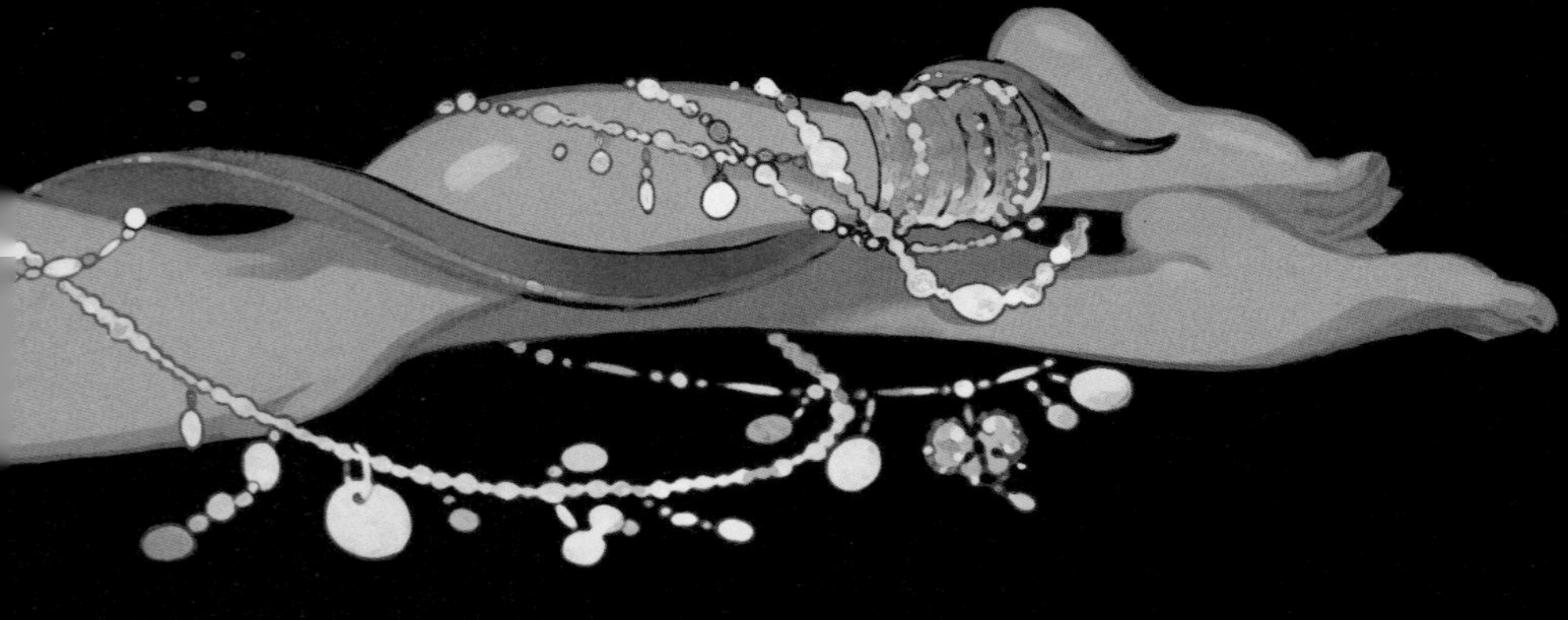

賑かな世間から不意に韜《とう》晦《かい》して、行動を唯《ただ》徒《いたず》らに秘密にして見るだけでも、すでに一種のミステリアスな、ロマンチックな色彩を自分の生活に賦《ふ》与《よ》することが出来ると思った。私は秘密と云う物の面白さを、子供の時分からしみじみと味わって居た。かくれんぼ、宝さがし、お茶《ちゃ》坊《ぼう》主《ず》のような遊戯——殊《こと》に、それが闇《やみ》の晩、うす暗い物置小屋や、観音開きの前などで行われる時の面白味は、主としてその間に「秘密」と云う不思議な気分が潜んで居るせいであったに違いない。

私はもう一度幼年時代の隠れん坊のような気持を経験して見たさに、わざと人の気の附かない下町の曖昧《あいまい》なところに身を隠したのであった。そのお寺の宗旨が「秘密」とか、「禁厭《まじない》」とか、「呪《じゅ》詛《そ》」とか云うものに縁の深い真言宗であることも、私の好奇心を誘うて、妄想《もうそう》を育《はぐく》ませるには恰好《かっこう》であった。部屋は新らしく建て増した庫裡の一部で、南を向いた八畳敷きの、日に焼けて少し茶色がかっている畳が、却って見た眼には安らかな暖かい感じを与えた。昼過ぎになると和やかな秋の日が、幻燈《げんとう》の如くあかあかと縁側の障子《しょうじ》に燃えて、室内は大きな雪洞《ぼんぼり》のように明るかった。

それから私は、今迄親しんで居た哲学や芸術に関する書類を一切戸棚《とだな》へ片附けて了って、魔術だの、催眠術だの、探偵小説だの、化学だの、解剖学だのの奇怪な説話と挿絵《さしえ》に富んでいる書物を、さながら土用干《どようぼし》の如く部屋中へ置き散らして、寝ころびながら、手あたり次第に繰りひろげては耽読《たんどく》した。その中には、コナンドイルの The Sign of Four や、ドキンシイの Murder, Considered as one of the fine arts や、アラビアンナイトのようなお伽噺《とぎばなし》から、仏蘭西《フランス》の不思議な Sexuology の本なども交っていた。

此処の住職が秘していた地獄極楽の図を始め、須弥山図《しゅみせん》だの涅《ね》槃像《はんぞう》だの、いろいろの、古い仏画を強《し》いて懇望して、丁度学校の教員室に掛っている地図のように、所嫌《きら》わず部屋の四壁へぶら下げて見た。床の間の香炉からは、始終紫色の香の煙が真っ直ぐに静かに立ち昇って、明るい暖かい室内を焚《た》きしめて居た。私は時々菊屋橋際《ぎわ》の舗《みせ》へ行って白檀《びゃくだん》や沈香《じんこう》を買って来てはそれを燻《く》べた。

天気の好い日、きらきらとした真昼の光線が一杯に障子へあたる時の室内は、眼の醒《さ》めるような壮観を呈した。絢爛《けんらん》な色彩の古画の諸仏、羅漢《らかん》、比丘《びく》、比丘尼《びくに》、優婆塞《うばそく》、優婆夷《うばい》、象、獅子《しし》、麒《き》麟《りん》などが四壁の紙幅の内から、ゆたかな光の中に泳ぎ出す。畳の上に投げ出された無数の書物からは、惨殺《ざんさつ》、麻酔、魔薬、妖女《ようじょ》、宗教――種々雑多の傀儡《かいらい》が、香の煙に溶け込んで、朦朧《もうろう》と立ち罩《こ》める中に、二畳ばかりの緋毛氈《ひもうせん》を敷き、どんよりとした蛮人のような瞳《ひとみ》を据《す》えて、寝ころんだ儘《まま》、私は毎日々々幻覚を胸に描いた。

夜の九時頃、寺の者が大概寝静まって了うとウヰスキーの角壜《かくびん》を呷《あお》って酔いを買った後、勝手に縁側の雨戸を引き外し、墓地の生《い》け垣《がき》を乗り越えて散歩に出かけた。成る可《べ》く人目にかからぬように毎晩服装を取り換えて公園の雑沓《ざっとう》の中を潜《くぐ》って歩いたり、古道具屋や古本屋の店先を漁《あさ》り廻《まわ》ったりした。頰冠《ほおかむ》りに唐桟《とうざん》の半纏《はんてん》を引っ掛け、綺麗《きれい》に研《みが》いた素足へ爪紅《つまべに》をさして雪駄《せった》を穿《は》くこともあった。金縁の色眼鏡に二重廻《にじゅうまわ》しの襟《えり》を立てて出ることもあった。着《つ》け髭《ひげ》、ほくろ、痣《あざ》と、いろいろに面体《めんてい》を換えるのを面白がったが、或る晩、三味線堀の古着屋で、藍地《あいじ》に大小あられの小紋を散らした女物の袷《あわせ》が眼に附いてから、急にそれが着て見たくてたまらなくなった。

一体私は衣服反物に対して、単に色合が好いとか柄《がら》が粋《いき》だとかいう以外に、もっと深く鋭い愛着心を持って居た。女物に限らず、凡べて美しい絹物を見たり、触れたりする時は、何となく顫い附きたくなって、丁度恋人の肌《はだ》の色を眺《なが》めるような快感の高潮に達することが屢々であった。殊に私の大好きなお召や縮緬《ちりめん》を、世間憚《はばか》らず、恣《ほしいまま》に着飾ることの出来る女の境遇を、嫉《ねた》ましく思うことさえあった。

あの古着屋の店にだらりと生々しく下って居る小紋縮緬の袷――あのしっとりした、重い冷たい布《きれ》が粘《ねば》つくように肉体を包む時の心好さを思うと、私は思わず戦慄《せんりつ》した。あの着物を着て、女の姿で往来を歩いて見たい。………こう思って、私は一も二もなくそれを買う気になり、ついでに友禅《ゆうぜん》の長《なが》襦袢《じゅばん》や、黒縮緬の羽織迄も取りそろえた。

大柄の女が着たものと見えて、小男の私には寸法も打ってつけであった。夜が更《ふ》けてがらんとした寺中がひっそりした時分、私はひそかに鏡台に向って化粧を始めた。黄色い生地《きじ》の鼻柱へ先《ま》ずベットリと練りお白粉《しろい》をなすり着けた瞬間の容貌《ようぼう》は、少しグロテスクに見えたが、濃い白い粘液を平手で顔中へ万遍なく押し拡《ひろ》げると、思ったよりものりが好く、甘い匂《にお》いのひやひやとした露が、毛《け》孔《あな》へ沁《し》み入る皮膚のよろこびは、格別であった。紅やとのこを塗るに随《したが》って、石膏《せっこう》の如く唯徒らに真っ白であった私の顔が、溌《はつ》剌《らつ》とした生色ある女の相に変って行く面白さ。文士や画家の芸術よりも、俳優や芸者や一般の女が、日常自分の体の肉を材料として試みている化粧の技巧の方が、遥《はる》かに興味の多いことを知った。

長襦袢、半襟、腰巻、それからチュッチュッと鳴る紅絹裏《もみうら》の袂、——私の肉体は、凡べて普通の女の皮膚が味わうと同等の触感を与えられ、襟足から手頸《てくび》まで白く塗って、銀杏返《いちょうがえ》しの鬘《かつら》の上にお高祖頭巾《こそずきん》を冠《かぶ》り、思い切って往来の夜道へ紛れ込んで見た。

雨曇りのしたうす暗い晩であった。千束《せんぞく》町、清住町《きよすみちょう》、龍泉寺《りゅうせんじ》町——あの辺一帯の溝の多い、淋しい街を暫《しばら》くさまよって見たが、交番の巡査も、通行人も、一向気が附かないようであった。甘皮《あまかわ》を一枚張ったようにぱさぱさ乾いている顔の上を、夜風が冷やかに撫《な》でて行く。口辺を蔽《おお》うて居る頭巾の布《きれ》が、息の為めに熱く湿《うるお》って、歩くたびに長い縮緬の腰巻の裾《すそ》は、じゃれるように脚へ纏《もつ》れる。みぞおちから肋骨《あばら》の辺を堅く緊《し》め附けている丸帯と、骨盤の上を括《くく》っている扱帯《しごき》の加減で、私の体の血管には、自然と女のような血が流れ始め、男らしい気分や姿勢はだんだんとなくなって行くようであった。

友禅の袖《そで》の蔭《かげ》から、お白粉を塗った手をつき出して見ると、強い頑丈《がんじょう》な線が闇の中に消えて、白くふっくらと柔かに浮き出ている。私は自分で自分の手の美しさに惚《ほ》れ惚《ぼ》れとした。このような美しい手を、実際に持っている女と云う者が、羨《うらや》ましく感じられた。芝居の弁天小僧のように、こう云う姿をして、さまざまの罪を犯したならば、どんなに面白いであろう。……探偵小説や、犯罪小説の読者を始終喜ばせる「秘密」「疑惑」の気分に髣髴《ほうふつ》とした心持で、私は次第に人通りの多い、公園の六区の方へ歩みを運んだ。そうして、殺人とか、強盗とか、何か非常な残忍な悪事を働いた人間のように、自分を思い込むことが出来た。

十二階の前から、池の汀《みぎわ》について、オペラ館の四つ角へ出ると、イルミネーションとアーク燈の光が厚化粧をした私の顔にきらきらと照って、着物の色合いや縞目《しまめ》がはッきりと読める。常盤座《ときわざ》の前へ来た時、突き当たりの写真屋の玄関の大鏡へ、ぞろぞろ雑沓する群集の中に交って、立派に女と化け終《おお》せた私の姿が映って居た。

こッてり塗り附けたお白粉の下に、「男」と云う秘密が悉《ことごと》く隠されて、眼つきも口つきも女のように動き、女のように笑おうとする。甘いへんのうの匂いと、囁《ささや》くような衣摺《きぬず》れの音を立てて、私の前後を擦れ違う幾人の女の群も、皆私を同類と認めて訝《あや》しまない。そうしてその女達の中には、私の優雅な顔の作りと、古風な衣裳《いしょう》の好みとを、羨ましそうに見ている者もある。

いつも見馴れて居る公園の夜の騒擾《そうじょう》も、「秘密」を持って居る私の眼には、凡べてが新しかった。何処へ行っても、何を見ても、始めて接する物のように、珍しく奇妙であった。人間の瞳を欺《あざむ》き、電燈の光を欺いて、濃艶《のうえん》な脂粉とちりめんの衣装の下に自分を潜ませながら、「秘密」の帷《とばり》を一枚隔てて眺める為めに、恐らく平凡な現実が、夢のような不思議な色彩を施されるのであろう。

それから私は毎晩のようにこの仮装をつづけて、時とすると、宮戸座の立ち見や活動写真の見物の間へ、平気で割って入るようになった。寺へ帰るのは十二時近くであったが、座敷に上ると早速空気ランプをつけて、疲れた体の衣裳も解かず、毛氈の上へぐったり嫌《いや》らしく寝崩れた儘、残り惜しそうに絢爛な着物の色を眺めたり、袖口をちゃらちゃらと振って見たりした。剥《は》げかかったお白粉が肌理《きめ》の粗《あら》いたるんだ頬の皮へ滲《し》み着いて居るのを、鏡に映して凝視して居ると、廃頽《はいたい》した快感が古い葡萄酒《ぶどうしゅ》の酔いのように魂をそそった。地獄極楽の図を背景にして、けばけばしい長襦袢のまま、遊女の如くなよなよと蒲団《ふとん》の上へ腹這《はらば》って、例の奇怪な書物のページを夜更くる迄飜《ひるがえ》すこともあった。次第に扮装《ふんそう》も巧《うま》くなり、大胆にもなって、物好きな聯想《れんそう》を醸《かも》させる為めに、匕《あい》首《くち》だの麻酔薬だのを、帯の間へ挿《はさ》んでは外出した。犯罪を行わずに、犯罪に付随して居る美しいロマンチックの匂いだけを、十分に嗅《か》いで見たかったのである。

そうして、一週間ばかり過ぎた或る晩の事、私は図らずも不思議な因縁から、もッと奇怪なもッと物好きな、そうしてもッと神秘な事件の端緒に出会《でくわ》した。

その晩私は、いつもよりも多量にウヰスキーを呷って、三友館の二階の貴賓席に上り込んで居た。何でももう十時近くであったろう、恐ろしく混《こ》んでいる場内は、霧のような濁った空気に充《み》たされて、黒く、もくもくとかたまって蠢動《しゅんどう》している群衆の生温かい人いきれが、顔のお白粉を腐らせるように漂って居た。暗中にシャキシャキ軋《きし》みながら目まぐるしく展開して行く映画の光線の、グリグリと瞳を刺す度毎《たびごと》に、私の酔った頭は破《わ》れるように痛んだ。

時々映画が消えてぱッと電燈がつくと、渓底《たにそこ》から沸き上る雲のように、階下の群衆の頭の上を浮動して居る煙草《たばこ》の烟《けむり》の間を透かして、私は真深いお高祖頭巾の蔭から、場内に溢《あふ》れて居る人々の顔を見廻した。そうして私の旧式な頭巾の姿を珍しそうに窺《うかが》って居る男や、粋な着附けの色合いを物欲しそうに盗み視《み》ている女の多いのを、心ひそかに得意として居た。見物の女のうちで、いでたちの異様な点から、様子の婀娜《あだ》っぽい点から、乃至《ないし》器量の点からも、私ほど人の眼に着いた者はないらしかった。

始めは誰も居なかった筈《はず》の貴賓席の私の側《そば》の椅子《いす》が、いつの間に塞《ふさ》がったのか能《よ》くは知らないが、二三度目に再び電燈がともされた時、私の左隣りに二人の男女が腰をかけて居るのに気が附いた。

女は二十二三と見えるが、その実六七にもなるであろう。髪を三つ輪に結って、総身をお召の空色のマントに包み、くっきりと水のしたたるような鮮やかな美貌《びぼう》ばかりを、これ見よがしに露《あら》わにして居る。芸者とも令嬢とも判断のつき兼ねる所はあるが、連れの紳士の態度から推して、堅儀《かたぎ》の細君ではないらしい。

「……… Arrested at last. ………」

と、女は小声で、フィルムの上に現れた説明書を読み上げて、土《ト》耳古《ルコ》巻のM. C. C. の薫《かお》りの高い烟を私の顔に吹き附けながら、指に篏《は》めて居る宝石よりも鋭く輝く大きい瞳を、闇の中できらりと私の方へ注いだ。

あでやかな姿に似合わぬ太棹《ふとざお》の師匠のような皺嗄《しわが》れた声、——
その声は紛れもない、私が二三年前に上海《シャンハイ》へ旅行する航海の途中、
ふとした事から汽船の中で暫く関係を結んで居たT女であった。

女はその頃《ころ》から、商売人とも素人《しろうと》とも区別のつかない素振りや服装を持って居たように覚えて居る。船中に同伴して居た男と、今夜の男とはまるで風采《ふうさい》も容貌も変っているが、多分はこの二人の男の間を連結する無数の男が女の過去の生涯《しょうがい》を鎖のように貫いて居るのであろう。兎《と》も角《かく》その婦人が、始終一人の男から他の男へと、胡蝶《こちょう》のように飛んで歩く種類の女であることは確かであった。二年前に船で馴染《なじ》みになった時、二人はいろいろの事情から本当の氏名も名乗り合わず、境遇も住所も知らせずにいるうちに上海へ着いた。そうして私は自分に恋い憧れている女を好い加減に欺き、コッそり跡をくらまして了《しま》った。

以来太平洋上の夢の中なる女とばかり思って居たその人の姿を、こんな処《ところ》で見ようとは全く意外である。あの時分やや小太りに肥えて居た女は、神々《こうごう》しい迄《まで》に痩《や》せて、すッきりとして、睫毛《まつげ》の長い潤味《うるみ》を持った円い眼《まなこ》が、拭《ぬぐ》うが如《ごと》くに冴《さ》え返り、男を男とも思わぬような凛々《りり》しい権威さえ具《そな》えている。触るるものに紅《くれない》の血が濁染《にじ》むかと疑われた生々しい唇《くちびる》と、耳朶《みみたぶ》の隠れそうな長い生《は》え際《ぎわ》ばかりは昔に変らないが、鼻は以前よりも少し嶮《けわ》しい位に高く見えた。

女は果して私に気が附いて居るのであろうか。どうも判然と確かめることが出来なかった。明《あか》りがつくと連れの男にひそひそ戯《たわむ》れて居る様子は、傍に居る私を普通の女と蔑《さげす》んで、別段心にかけて居ないようでもあった。実際その女の隣りに居ると、私は今迄得意であった自分の扮装を卑《いや》しまない訳には行かなかった。表情の自由な、如何《いか》にも生き生きとした妖女《ようじょ》の魅力に気圧《けお》されて、技巧を尽した化粧も着附けも、醜く浅ましい化物のような気がした。女らしいと云う点からも、美しい器量からも、私は到底彼女の競争者ではなく、月の前の星のように果敢《はか》なく萎《しお》れて了うのであった。

朦々《もうもう》と立ち罩《こ》めた場内の汚れた空気の中に、曇りのない鮮明な輪郭をくッきりと浮かばせて、マントの蔭からしなやかな手をちらちらと、魚のように泳がせているあでやかさ。男と対談する間にも時々夢のような瞳を上げて、天井を仰いだり、眉根《まゆね》を寄せて群衆を見下ろしたり、真っ白な歯並みを見せて微笑《ほほえ》んだり、その度毎に全く別趣の表情が、溢れんばかりに湛《たた》えられる。

如何なる意味をも鮮かに表わし得る黒い大きい瞳は、場内の二つの宝石のように、遠い階下の隅《すみ》からも認められる。顔面の凡《す》べての道具が単に物を見たり、嗅《か》いだり、聞いたり、語ったりする機関としては、あまりに余情に富み過ぎて、人間の顔と云うよりも、男の心を誘惑する甘味ある餌食《えじき》であった。

もう場内の視線は、一つも私の方に注がれて居なかった。愚かにも、私は自分の人気を奪い去ったその女の美貌に対して、嫉《しっ》妬《と》と憤《ふん》怒《ぬ》を感じ始めた。嘗《かつ》ては自分が弄《もてあそ》んで恣《ほしいまま》に棄《す》ててしまった女の容貌の魅力に、忽《たちま》ち光を消されて蹈《ふ》み附けられて行く口惜しさ。事に依《よ》ると女は私を認めて居ながら、わざと皮肉な復《ふく》讐《しゅう》をして居るのではないであろうか。

私は美貌を羨む嫉妬の情が、胸の中で次第々々に恋慕の情に変って行くのを覚えた。女としての競争に敗れた私は、今一度男として彼女を征服して勝ち誇ってやりたい。こう思うと、抑え難い欲望に駆られてしなやかな女の体を、いきなりむずと鷲《わし》掴《づか》みにして、揺す振って見たくもなった。

君は予の誰なるかを知り給《たま》うや。今夜久しぶりに君を見て、予は再び君を恋し始めたり。今一度、予と握手し給うお心はなきか。明晩もこの席に来て、予を待ち給うお心はなきか。予は予の住所を何人にも告げ知らす事を好まねば、唯願《ただねが》わくは明日の今頃、この席に来て予を待ち給え。

闇《やみ》に紛れて私は帯の間から半紙と鉛筆を取出し、こんな走り書きをしたものをひそかに女の袂《たもと》へ投げ込んだ、そうして、又じッと先方の様子を窺っていた。

十一時頃、活動写真の終るまでは女は静かに見物していた。観客が総立ちになってどやどやと場外へ崩れ出す混雑の際、女はもう一度、私の耳元で、

「……… Arrested at last. ………」

と囁《ささや》きながら、前よりも自信のある大胆な凝視《ぎょうし》を、私の顔に暫《しばら》く注いで、やがて男と一緒に人ごみの中へ隠れてしまった。

「……… Arrested at last. ………」

女はいつの間にか自分を見附け出して居たのだ。こう思って私は竦然《しょうぜん》とした。

それにしても明日の晩、素直に来てくれるであろうか。大分昔よりは年功を経ているらしい相手の力量を測らずに、あのような真似《まね》をして、却《かえ》って弱点を握られはしまいか。いろいろの不安と疑惧《ぎぐ》に挟《さしはさ》まれながら私は寺へ帰った。

いつものように上着を脱いで、長襦袢一枚になろうとする時、ぱらりと頭巾の裏から四角にたたんだ小さい洋紙の切れが落ちた。

「Mr. S. K.」

と書き続けたインキの痕《あと》をすかして見ると、玉《たま》甲斐絹《かいき》のように光っている。正しく彼女の手であった。見物中、一二度小用に立ったようであったが、早くもその間に、返事をしたためて、人知れず私の襟元《えりもと》へさし込んだものと見える。

思いがけなき所にて思いがけなき君の姿を見申候《そうろう》。たとい装いを変え給うとも、三年このかた夢寐《むび》にも忘れぬ御面影《おんおもかげ》を、いかで見逃し候べき。妾《わらわ》は始めより頭巾の女の君なる事を承知仕《つかまつり》候。それにつけても相変わらず物好きなる君にておわせしことの可笑《おか》しさよ。妾に会わんと仰《おお》せらるるも多分はこの物好きのおん興じにやと心許《こころもと》なく存じ候えども、あまりの嬉《うれ》しさに兎角の分別も出《い》でず、唯仰せに従い明夜は必ず御待ち申す可《べ》く候。ただし、妾に少々都合もあり、考えも有之候《これありそうら》えば、九時より九時半までの間に雷門《かみなりもん》までお出で下されまじくや。其処《そこ》にて当方より差し向けたるお迎いの車夫が、必ず君を見つけ出して拙宅へご案内致す可く候。君の御住所を秘し給うと同様に、妾も今の在り家を御知らせ致さぬ所存にて、車上の君に眼隠しをしてお連れ申すよう取りはからわせ候間、右御許し下され度《たく》、若《も》しこの一事を御承引下され候わずば、妾は永遠に君を見ることかなわず、これに過ぎたる悲しみは無之《これなく》候。

私はこの手紙を読んで行くうちに、自分がいつの間にか探偵小説中の人物となり終せて居るのを感じた。不思議な好奇心と恐怖とが、頭の中で渦《うず》を巻いた。女が自分の性癖を呑《の》み込んで居て、わざとこんな真似をするのかとも思われた。

明くる日の晩は素晴らしい大雨であった。

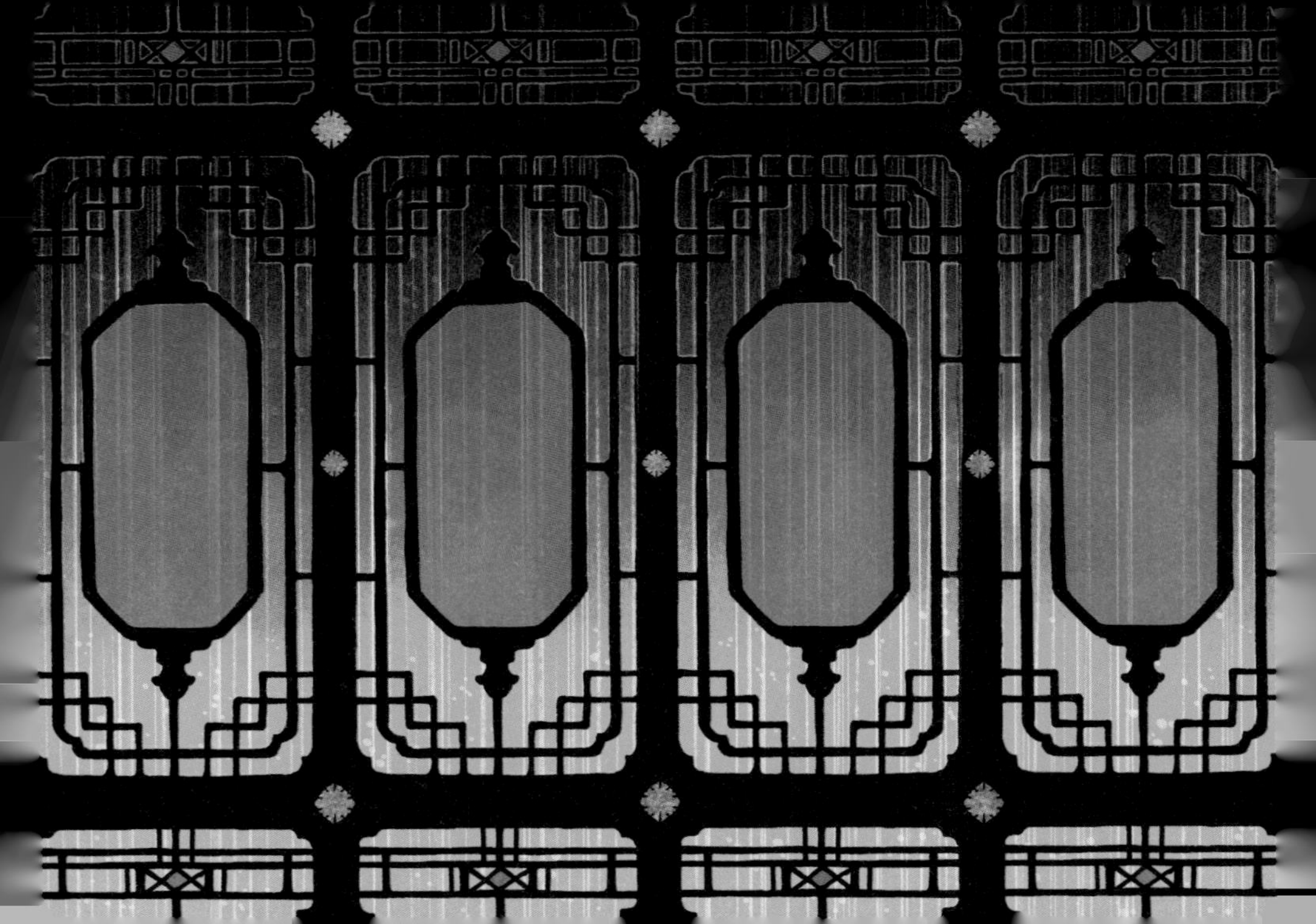

すっかり服装を改めて、対《つい》の大島の上にゴム引きの外
ざぶん、ざぶんと、甲斐絹張りの洋傘に、滝《たき》の如《ごと》く
雨の中を戸外《おもて》へ出た。新堀の溝《みぞ》が往来一円に溢れて
足袋《たび》を懐《ふところ》へ入れたが、びしょびしょに濡《ぬ》れた素足が
プに照らされて、ぴかぴか光って居た。夥《おびただ》しい雨量
あざあと直瀉《ちょくしゃ》する喧囂《けんごう》の中に、何もかも打ち消されて
やかな広小路の通りも大概雨戸を締め切り、二三人の
男が、敗走した兵士のように駈《か》け出して行く。電車
ルの上に溜《た》まった水をほとばしらせて通る外は、と
電柱や広告のあかりが、朦朧たる雨の空中をぼんや
るばかりであった。

外套から、手首から、肘《ひじ》の辺まで水だらけになって、漸く雷門へ来た私は、雨中にしょんぼり立ち止りながらアーク燈の光を透かして、四辺《あたり》を見廻《みまわ》したが、一つも人影は見えない。何処《どこ》かの暗い隅に隠れて、何者かが私の様子を窺っているのかも知れない。こう思って暫く佇《たたず》んで居ると、やがて吾妻橋の方の暗闇《くらやみ》から、赤い提灯《ちょうちん》の火が一つ動き出して、がらがらがらと街鉄《がいてつ》の鋪《し》き石の上を駛走《しそう》して来た旧式な相乗りの俥《くるま》がぴたりと私の前で止まった。

「旦那《だんな》、お乗んなすって下さい。」

深い饅頭笠《まんじゅうがさ》に雨合羽《あまがっぱ》を着た車夫の声が、車軸《しゃじく》を流す雨の響きの中に消えたかと思うと、男はいきなり私の後へ廻って、羽二重《はぶたえ》の布を素早く私の両眼の上へ二た廻り程巻きつけて、蟀谷《こめかみ》の皮がよじれる程強く緊《し》め上げた。

「さあ、お召しなさい。」

こう云って男のざらざらした手が、私を摑んで、惶《あわただ》しく俥の上へ乗せた。

しめっぽい匂いのする幌《ほろ》の上へ、ぱらぱらと雨の注ぐ音がする。疑いもなく私の隣りには女が一人乗って居る。お白粉《しろい》の薫りと暖かい体温が、幌の中へ蒸すように罩《こも》っていた。

轅《かじ》を上げた俥は、方向を晦《くら》ます為めに一つ所をくるくると二三度廻って走り出したが、右へ曲り、左へ折れ、どうかするとLabyrinthの中をうろついて居るようであった。時々電車通りへ出たり、小さな橋を渡ったりした。

長い間、そうして俥に揺られて居た。隣りに並んでいる女は勿《もち》論《ろん》T女であろうが、黙って身じろぎもせずに腰かけている。多分私の眼隠《めかく》しが厳格に守られるか否《いな》かを監督する為めに同乗して居るものらしい。しかし、私は他人の監督がなくても、決してこの眼かくしを取り外《はず》す気はなかった。海の上で知り合いになった夢のような女、大雨の晩の幌の中、夜の都会の秘密、盲目、沈黙――凡べての物が一つになって、渾然《こんぜん》たるミステリーの靄《もや》の裡《うち》に私を投げ込んで了って居る。

やがて女は固く結んだ私の唇を分けて、口の中へ巻煙草を挿《さ》し込んだ。そうしてマッチを擦って火をつけてくれた。

一時間程経《た》って、漸《ようや》く俥は停《とま》った。再びざらざらした男の手が私を導きながら狭そうな路次を二三間行くと、裏木戸のようなものをギーと開けて家の中へ連れて行った。

眼を塞がれながら一人座敷に取り残されて、暫く坐《すわ》っていると、間もなく襖《ふすま》の開く音がした。女は無言の儘《まま》、人魚のように体《たい》を崩して擦り寄りつつ、私の膝《ひざ》の上へ仰向きに上半身を靠《もた》せかけて、そうして両腕を私の項《うなじ》に廻して羽二重の結び目をはらりと解いた。

部屋は八畳位もあろう。普請《ふしん》と云い、装飾と云い、なかなか立派で、木柄《きがら》なども選んではあるが、丁度この女の身分が分らぬと同様に、待合とも、妾宅《しょうたく》とも、上流の堅気な住まいとも見極めがつかない。一方の縁側の外にはこんもりとした植え込みがあって、その向うは板塀《いたべい》に囲われている。唯これだけの眼界では、この家が東京のどの辺にあたるのか、大凡《おおよそ》その見当すら判《わか》らなかった。

「よく来て下さいましたね。」

こう云いながら、女は座敷の中央の四角な紫檀《したん》の机へ身を靠せかけて、白い両腕を二匹の生き物のように、だらりと卓上に匍《は》わせた。襟のかかった渋い縞《しま》お召《めし》に腹合わせ帯をしめて、銀杏返《いちょうがえ》しに結《ゆ》って居る風情《ふぜい》の、昨夜と恐ろしく趣が変っているのに、私は先《ま》ず驚かされた。

「あなたは、今夜あたしがこんな風をして居るのは可笑《おか》しいと思っていらッしゃるんでしょう。それでも人に身分を知らせないようにするには、こうやって毎日身なりを換えるより外に仕方がありませんからね。」

卓上に伏せてある洋盃《コップ》を起して、葡萄酒《ぶどうしゅ》を注《つ》ぎながら、こんな事を云う女の素振りは、思ったよりもしとやかに打ち萎《しお》れて居た。

「でも好《よ》く覚えて居て下さいましたね。上海でお別れしてから、いろいろの男と苦労もして見ましたが、妙にあなたの事を忘れることが出来ませんでした。もう今度こそは私を棄てないで下さいまし。身分も境遇も判らない、夢のような女だと思って、いつまでもお附き合いなすって下さい。」

女の語る一言一句が、遠い国の歌のしらべのように、哀韻《あいいん》を含んで私の胸に響いた。昨夜のような派手な勝気な悧発《りはつ》な女が、どうしてこう云う憂鬱《ゆううつ》な、殊勝な姿を見せることが出来るのであろう。さながら万事を打ち捨てて、私の前に魂を投げ出しているようであった。

「夢の中の女」「秘密の女」朦朧《もうろう》とした、現実とも幻覚とも区別の附かないLove adventureの面白さに、私はそれから毎晩のように女の許《もと》に通い、夜半《よなか》の二時頃迄遊んでは、また眼かくしをして、雷門まで送り返された。一と月も二た月も、お互に所を知らず、名を知らずに会見していた。女の境遇や住宅を捜《さぐ》り出そうと云う気は少しもなかったが、だんだん時日が立つに従い、私は妙な好奇心から、自分を乗せた俥が果して東京の何方《どっち》の方面に二人を運んで行くのか、自分の今眼を塞がれて通って居る処は、浅草から何《ど》の辺に方《あた》って居るのか、唯それだけを是非とも知って見たくなった。三十分も一時間も、時とすると一時間半もがらがらと市街を走ってから、轅を下ろす女の家は、案外雷門の近くにあるのかも知れない。私は毎夜俥に揺す振られながら、此処《ここ》か彼処《あそこ》かと心の中に憶測《おくそく》を廻《めぐ》らす事を禁じ得なかった。

或《あ》る晩、私はとうとうたまらなくなって、

「一寸《ちょっと》でも好いから、この眼かくしを取ってくれ。」

と俥の上で女にせがんだ。

「いけません、いけません。」

と、女は慌《あわ》てて、私の両手をしッかり抑えて、その上へ顔を押しあてた。

「何卒《どうぞ》そんな我が儘を云わないで下さい。此処の往来はあたしの秘密です。この秘密を知られればあたしはあなたに捨てられるかも知れません。」

「どうして私に捨てられるのだ。」

「そうなれば、あたしはもう『夢の中の女』ではありません。あなたは私を恋して居るよりも、夢の中の女を恋して居るのですもの。」

いろいろに言葉を尽して頼んだが、私は何と云っても聴き入れなかった。

「仕方がない、そんなら見せて上げましょう。……………その代り一寸ですよ。」

女は嘆息するように云って、力なく眼かくしの布を取りながら、
「此処が何処《どこ》だか判りますか。」
と、心許《こころもと》ない顔つきをした。

御龍亭
奉納

美しく晴れ渡った空の地色は、妙に黒ずんで星が一面にきらきらと輝き、白い霞《かすみ》のような天の川が果てから果てへ流れている。狭い道路の両側には商店が軒を並べて、燈火の光が賑やかに町を照らしていた。

不思議な事には、可なり繁華な通りであるらしいのに、私はそれが何処の街であるか、さっぱり見当が附かなかった。俥はどんどんその通りを走って、やがて一二町先の突き当りの正面に、精美堂と大きく書いた印形屋《いんぎょうや》の看板が見え出した。

印形
精美堂
SEIBIDO

私が看板の横に書いてある細い文字の町名番地を、俥の上で遠くから覗《のぞ》き込むようにすると、女は忽《たちま》ち気が附いたか、

「あれッ」

と云って、再び私の眼を塞《ふさ》いで了《しま》った。

賑やかな商店の多い小路で突きあたりに印形屋の看板の見える街、――――どう考えて見ても、私は今迄通ったことのない往来の一つに違いないと思った。子供時代に経験したような謎《なぞ》の世界の感じに、再び私は誘《いざな》われた。

「あなた、あの看板の字が読めましたか。」

「いや読めなかった。一体此処は何処なのだか私にはまるで判らない。私はお前の生活に就いては三年前の太平洋の波の上の事ばかりしか知らないのだ。私はお前に誘惑されて、何だか遠い海の向うの、幻の国へ伴《つ》れて来られたように思われる。」

私がこう答えると、女はしみじみとした悲しい声で、こんな事を云った。

「後生だからいつまでもそう云う気持で居て下さい。幻の国に住む、夢の中の女だと思って居て下さい。もう二度と再び、今夜のような我が儘を云わないで下さい。」

女の眼からは、涙が流れて居るらしかった。

その後暫《しばら》く、私は、あの晩女に見せられた不思議な街の光景を忘れることが出来なかった。燈火のかんかんともっている賑やかな狭い小路の突き当りに見えた印形屋の看板が、頭にはッきりと印象されて居た。何とかして、あの町の在りかを捜し出そうと苦心した揚句、私は漸《ようや》く一策を案じ出した。

長い月日の間、毎夜のように相乗りをして引き擦り廻されて居るうちに、雷門で俥がくるくると一つ所を廻る度数や、右に折れ左に曲る回数まで、一定して来て、私はいつともなくその塩梅《あんばい》を覚え込んでしまった。或る朝、私は雷門の角へ立って眼をつぶりながら二三度ぐるぐると体を廻した後、この位だと思う時分に、俥と同じ位の速度で一方へ駆け出して見た。唯好い加減に時間を見はからって彼方此方《かなたこなた》の横町を折れ曲るより外の方法はなかったが、丁度この辺と思う所に、予想の如く、橋もあれば、電車通りもあって、確かにこの道に相違ないと思われた。

道は最初雷門から公園の外郭を廻って千束町に出て、龍泉寺町の細い通りを上野の方へ進んで行ったが、車坂下で更に左へ折れ、お徒町《かちまち》の往来を七八町も行くとやがて又左へ曲り始める。私は其処でハタとこの間の小路にぶつかった。

成る程正面に印形屋の看板が見える。

それを望みながら、秘密の潜んでいる巌窟《がんくつ》の奥を究《きわ》めでもするように、つかつかと進んで行ったが、つきあたりの通りへ出ると、思いがけなくも、其処は毎晩夜店の出る下谷竹町の往来の続きであった。いつぞや小紋の縮緬《ちりめん》を買った古着屋の店もつい二三間先に見えて居る。不思議な小路は、三味線堀と仲お徒町の通りを横に繋《つな》いで居る街路であったが、どうも私は今迄其処を通った覚えがなかった。散々私を悩ました精美堂の看板の前に立って、私は暫く彳《たたず》んで居た。燦爛《さんらん》とした星の空を戴《いただ》いて夢のような神秘な空気に蔽《おお》われながら、赤い燈火を湛《たた》えて居る夜の趣とは全く異り、秋の日にかんかん照り附けられて乾涸《ひから》びて居る貧相な家並を見ると、何だか一時にがっかりして興が覚めて了った。

抑え難い好奇心に駆られ、犬が路上の匂《にお》いを嗅《か》ぎつつ自分の棲《す》み家へ帰るように、私は又其処から見当をつけて走り出した。

道は再び浅草区へ這入《はい》って、小島町から右へ右へと進み、菅橋《すがばし》の近所で電車通りを越え、代地河岸を柳橋の方へ曲って、遂《つい》に両国の広小路へ出た。女が如何《いか》に方角を悟らせまいとして、大迂廻《だいうかい》をやって居たかが察せられる。薬研掘《やげんぼり》、久松町、浜町と来て蠣浜《かきはま》橋《ばし》を渡った処で、急にその先が判らなくなった。

何んでも女の家《うち》は、この辺の路次にあるらしかった。一時間ばかりかかって、私はその近所の狭い横町を出つ入りつした。

丁度道了権現《どうりょうごんげん》の向い側の、ぎっしり並んだ家と家との庇間《ひあわい》を分けて、殆《ほとん》ど眼につかないような、細い、ささやかな小路のあるのを見つけ出した時、私は直覚的に女の家がその奥に潜んで居ることを知った。中へ這入って行くと右側の二三軒目の、見事な洗い出しの板塀に囲まれた二階の欄干から、松の葉越しに女は死人のような顔をして、じっと此方《こちら》を見おろして居た。

思わず嘲《あざけ》るような瞳《ひとみ》を挙げて、二階を仰ぎ視《み》ると、寧《むし》ろ空惚《そらとぼ》けて別人を装うものの如く、女はにこりともせずに私の姿を眺《なが》めて居たが、別人を装うても訝《あや》しまれぬくらい、その容貌《ようぼう》は夜の感じと異って居た。たッた一度、男の乞《こ》いを許して、眼かくしの布を弛《ゆる》めたばかりに、秘密を発《あば》かれた悔恨、失意の情が見る見る色に表われて、やがて静かに障子の蔭《かげ》へ隠れて了った。

女は芳野と云うその界隈《かいわい》での物持の後家であった。あの印形屋の看板と同じように、凡《す》べての謎は解かれて了った。私はそれきりその女を捨てた。

二三日過ぎてから、急に私は寺を引き払って田端《たばた》の方へ移転した。私の心はだんだん「秘密」などと云う手ぬるい淡い快感に満足しなくなって、もッと色彩の濃い、血だらけな歓楽を求めるように傾いて行った。

※本書には、現在の観点から見ると差別用語と取られかねない表現が含まれていますが、原文の歴史性を考慮してそのままとしました。

乙女の本棚シリーズ

「あれらは、
生きて居りましたろう」

蜃気楼を見に行った帰り、
私は汽車のなかで押絵を持った
男と出会った。
男は、その押絵について
語り始め……。

『押絵と旅する男』
江戸川乱歩＋しきみ

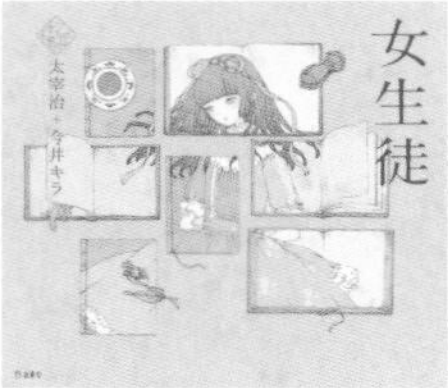

いっそこのまま、
少女のままで
死にたくなる。

東京に暮らす１人の少女。
彼女のある１日の心の動きを描く。

『女生徒』
太宰治＋今井キラ

この美しい、
楽しい島は
もうスッカリ地獄です。

浜辺に流れ着いた３通の手紙。
そこには、
遭難した兄妹の無人島での
生活が綴られていた。

『瓶詰地獄』
夢野久作＋ホノジロトヲジ

猫、猫、猫、猫、猫、猫、猫。
どこを見ても猫ばかりだ。

温泉に滞留していた私は、
あるとき迷子になり、
見知らぬ町に辿りつくが、
そこは不思議な光景が広がっていた。

『猫町』
萩原朔太郎＋しきみ

私の心の上には、
切ないほどはっきりと、
この光景が焼きつけられた。

横須賀線に乗った私。
発車間際に乗り込んできた
小娘と２人きり、
汽車は動き出すのだが……。

『蜜柑』
芥川龍之介＋げみ

桜が散って、このように
葉桜のころになれば、
私は、きっと思い出します。

島根の城下まちに暮らす姉妹。
病気の妹は、ある秘密を抱えていた。

『葉桜と魔笛』
太宰治＋紗久楽さわ

こんな夢を見た。

10の夢によって構成される、
超有名作家による幻想的な奇譚。

『夢十夜』
夏目漱石＋しきみ

その檸檬の冷たさは
たとえようもなく
よかった。

あてもなく京都をさまよっていた
私は、果物屋で買った檸檬を手に
丸善へと向かうが……。

『檸檬』
梶井基次郎＋げみ

桜の森の満開の下の秘密は
誰にも今も分りません。

鈴鹿峠に住む山賊は、
新しい女房をさらってきた。
だが、彼女はどうも他の女たちとは
違っていて、彼のことを恐れず、
それぱかりか……。

『桜の森の満開の下』
坂口安吾＋しきみ

でも、貴下は、貴下は、
私を知りますまい！

外科室での手術で
麻酔を拒否する夫人。
その視線の先には、
外科医・高峰がいた。

『外科室』
泉鏡花＋ホノジロトヲジ

「私の運命を決定《きめ》て下さい」

浦塩の町で、
１人の男が話しかけてきた。
彼が語るのは、
兵隊時代の話と、それにまつわる
「死後の恋」についてであった。

『死後の恋』
夢野久作＋ホノジロトヲジ

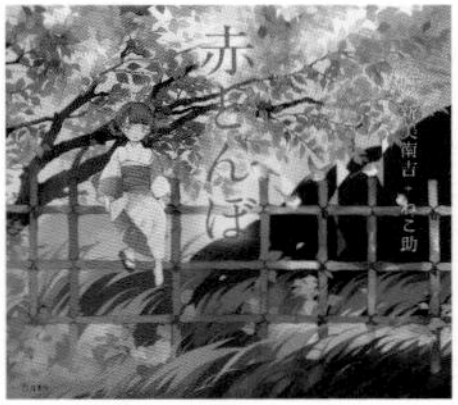

赤とんぼは、
かあいいおじょうちゃんの
赤いリボンに
とまってみたくなりました。

誰もいない別荘。
そこに引っ越してきた少女は、
１匹の赤とんぼと出会った。

『赤とんぼ』
新美南吉＋ねこ助

「その声は、我が友、
李徴子ではないか？」

袁傪は旅の途中、
旧友の李徴と再会した。
だが美少年だった李徴は、
変わり果てた姿になっていた。

『山月記』
中島敦＋ねこ助

月の光は、うす青く、
この世界を照らしていました。

月のきれいな夜。
おばあさんの家にやってきた、
２人の訪問者。

『月夜とめがね』
小川未明＋げみ

私はひそかに鏡台に向って
化粧を始めた。

夜な夜な女装をして出歩く「私」は、
ある夜、昔の女と再会する。
そして彼女との
秘密の逢い引きがはじまった。

『秘密』
谷崎潤一郎＋マツオヒロミ

好きなものは呪うか殺すか
争うかしなければ
ならないのよ。

師匠の推薦で、夜長姫のために
仏像を彫ることになった耳男。
故郷を離れ姫の住む村へ
向かった彼を待っていたのは、
残酷で妖しい日々だった。

『夜長姫と耳男』
坂口安吾＋夜汽車

全て定価：本体1800円+税

秘密

2020年 9月25日　第1版1刷発行
2024年 6月 3 日　第1版3刷発行

著者　谷崎 潤一郎
絵　マツオヒロミ

編集・発行人　松本 大輔
デザイン　根本 綾子(Karon)
担当編集　切刀 匠

発行：立東舎
発売：株式会社リットーミュージック
〒101-0051 東京都千代田区神田神保町一丁目105番地

印刷・製本：株式会社広済堂ネクスト

【本書の内容に関するお問い合わせ先】
info@rittor-music.co.jp
本書の内容に関するご質問は、Eメールのみでお受けしております。
お送りいただくメールの件名に「秘密」と記載してお送りください。
ご質問の内容によりましては、しばらく時間をいただくことがございます。
なお、電話やFAX、郵便でのご質問、本書記載内容の範囲を超えるご質問につきましてはお答えできませんので、
あらかじめご了承ください。

【乱丁・落丁などのお問い合わせ】
service@rittor-music.co.jp

Printed in Japan　ISBN978-4-8456-3535-1
定価 1,980円(1,800円+税10%)